LA

GUERRE D'ORIENT.

POÉSIES

Par F. COTI.

LE VOL DE L'AIGLE. — ABD-UL-MEDJID. — INKERMANN. — TRAKTIR.
AUX CORSES MORTS EN CRIMÉE. — LA SŒUR DE CHARITÉ. — LE CHIRURGIEN.
L'AUMÔNIER. — L'AMIRAL BRUAT. — LE RETOUR DE CRIMÉE.
LES RUINES. — L'IMPÉRATRICE ET LE PRINCE IMPÉRIAL.
NAPOLÉON ET LA PAIX.

PARIS,
BOUCQUIN, IMPRIMEUR, RUE DE LA SAINTE-CHAPELLE, N° 5.

1856.

LA GUERRE D'ORIENT.

POÉSIES

Par F. COTI.

LE VOL DE L'AIGLE. — ABD-UL-MEDJID. — INKERMANN. — TRAKTIR. — KOUGHIL.
AUX CORSES MORTS EN CRIMÉE. — LA SOEUR DE CHARITÉ. — LE CHIRURGIEN.
L'AUMONIER. — L'AMIRAL BRUAT. — LE RETOUR DE CRIMÉE.
LES RUINES. — L'IMPÉRATRICE ET LE PRINCE IMPÉRIAL.
NAPOLÉON ET LA PAIX.

PARIS,
BOUCQUIN, IMPRIMEUR, RUE DE LA SAINTE-CHAPELLE, N° 5.

1856.

LA

GUERRE D'ORIENT.

LE VOL DE L'AIGLE.

« Notre Aigle impérial dont l'immense envergure
» Couvrait le monde entier, après un long exil,
» Reparaît triomphant dans nos jours de péril.
» Son vol audacieux électrise et rassure
» Les peuples alarmés par un sombre avenir.
» L'éclair éclate encore en sa serre brûlante,
» Mais ce n'est plus l'éclair d'horreur et d'épouvante :
» C'est un soleil nouveau qui vient tout éclaircir ! »

Ainsi fut proclamé ce règne magnifique,
Avec la paix pour but, pour programme authentique.
Son œuvre s'annonçait par d'éclatants travaux;
Des embellissements, des monuments nouveaux,
Des places, des cités, des marchés et des rues
Remplaçaient des amas de maisons disparues.
On travaillait aux champs, dans les villes, aux ports;
L'Industrie et les Arts redoublaient leurs efforts :
Leurs ouvriers, ardents à créer des merveilles,
Consacrant à la lutte et leurs jours et leurs veilles,
Entassaient leurs produits, chefs-d'œuvre de la Paix,
Pour mieux inaugurer son splendide palais.
Quand, tout à coup, un cri d'alerte et de détresse
Retentit. Un géant s'attaque à la faiblesse.
Son génie, héritier d'impérieux desseins,
Méprise les traités et les droits les plus saints;
Bravant deux nations dont la gloire est complète,
De l'empire des Turcs il rêve la conquête;
Mais le Sultan, qu'il croit sans force et sans vigueur,
Se relève et résiste aux coups de l'agresseur.
Ses soldats aguerris, au cœur plein de vaillance,
Sont faibles par le nombre; ils invoquent la France.

Et l'Aigle, que le Czar voyait en souriant,
Conduisant nos vaisseaux, vole vers l'Orient.
Il se montre d'abord calme et grand dans sa force;
Il ne menace point; au contraire, il s'efforce
De ramener la paix au milieu des débats;
Il parle de justice : on ne l'écoute pas.
Alors, présage heureux! la France et l'Angleterre
Étouffent en un jour leur haine héréditaire;
Comme deux fiers lutteurs qui, s'étant mesurés,
S'unissent à jamais par des liens sacrés,
Ces deux nations-sœurs désormais n'en font qu'une.
La cause du Sultan est leur cause commune;
Elles barrent la route au Czar astucieux,
En mettant au grand jour ses plans ambitieux.

Devant cette union, tout le sang de sa race
Bouillonne dans son cœur : il s'irrite, il menace,
Et veut tout voir plier devant sa volonté.
On l'entretient en vain des lois d'humanité,
De tout ce qu'on respecte et que l'honneur consacre,
Sinope est sa réponse : un odieux massacre

Où sont anéantis, sous le feu du canon,
Des milliers de martyrs tués par trahison.
Cette infâme action que l'Europe a flétrie,
Ce honteux guet-à-pens, œuvre de barbarie,
Dont s'est glorifié ce sinistre vainqueur,
A produit un éclat de colère et d'horreur.
Les peuples révoltés appellent la vengeance :
Il faut humilier l'autocrate en démence,
Qui de sa lâcheté n'a pas le sentiment,
Et brave, avec dédain, vengeance et châtiment.
Aux armes, donc ! Partez vers ces plages lointaines,
Phalanges de héros, légions africaines !
Sur vos vaisseaux, marins, sonnez le branlebas :
Vous allez préluder aux glorieux combats.
Poursuivez l'ennemi par delà le Bosphore,
Dans cette mer Noire où le crime règne encore.
Mais tout a disparu. Ces vaillants mitrailleurs,
Illustrés à Sinope, ont craint vos coups vengeurs.
Faits pour le guet-à-pens, et non pour les batailles,
Ils se sont retirés à l'abri des murailles
D'où voulait s'élancer l'ambition du Czar.
Mais en vain ils ont fui sous l'orgueilleux rempart

Tes superbes vaisseaux, ô vautour sanguinaire!
Plus haut que tes rochers l'Aigle a bâti son aire :
Il te tient fasciné sous son regard puissant
Et te fera payer bien cher le prix du sang.

Puisque la guerre plaît à son génie atroce,
Cherchons où nous pourrons mieux frapper le colosse.
Il voudrait nous tenir en son pays désert,
Pour nous faire lutter avec son rude hiver,
Et voir sous ses frimas notre armée engourdie
Fuir d'un nouveau Moscou le sauvage incendie;
Ne pas pouvoir combattre et succomber enfin
Aux étreintes du froid, au tourment de la faim.
Non, non, le temps n'est plus des victoires faciles,
Russes, nous connaissons vos manœuvres habiles;
Vos neiges maintenant ne seront rien pour nous;
Nous vous attaquerons sous des climats plus doux.

Ah! vous êtes vaincus aux murs de Silistrie...
Quelle humiliation pour la *sainte* Russie!

Les Turcs ont terrassé ses hautains grenadiers
Dont on nous exaltait les mérites guerriers.
Ils avaient lâchement souillé leur territoire,
Et les voilà forcés de le quitter sans gloire.
Puisqu'ils ont échoué dans tous leurs attentats,
Le Sultan ne craindra plus rien pour ses États,
Et la guerre à présent va prendre une autre face.
A nous, Occidentaux! à la première place!
Au bruit de nos clairons l'envahisseur a fui,
Mais il ne pourra pas nous échapper chez lui.

Devant Constantinople, au bas de la Crimée,
Une ville s'élève, enfermant une armée :
Formidable réduit, menaçant boulevart,
Abri fortifié par la nature et l'art.
Là, depuis soixante ans, on couve, on étudie
Un monstrueux projet de noire perfidie,
Un plan mystérieux tracé par les démons.
C'est là qu'on a coulé des milliers de canons,
Entassé des boulets, des armes, de la poudre,
Des machines d'enfer plus promptes que la foudre.

C'est là, dans les secrets de ce sombre arsenal,
Que le Nord caressa son rêve colossal;
C'est là qu'est le danger pour notre indépendance;
C'est là qu'il faut frapper pour briser sa puissance.

Guidez-vous donc, Soldats, sur l'Aigle dans son vol :
Votre gloire immortelle est à Sébastopol.

Embarquez-vous au son des joyeuses fanfares,
Et nous verrons surgir dans les steppes tartares
Des hauts faits inconnus à notre orgueil humain,
Dont l'histoire emplira son éternel airain.
Soldats d'un siècle libre et des nations vives,
Dieu conduit vos vaisseaux vers ces superbes rives.
Débarquez et marchez sans crainte et sans lenteur;
L'ennemi vous attend, posté sur la hauteur
Qui domine l'Alma. Sa force est redoutable
Et sa position paraît inexpugnable;
Il veut vous écraser sous ses masses de fer,
Et puis, comme il l'a dit, vous jeter à la mer.
Rabattez leur orgueil, à ces soldats-esclaves;
En avant, vrais lions, fantastiques zouaves!

Gravissez ces rochers à la voix de Bosquet;
La chèvre seule peut atteindre à leur sommet :
Grimpez comme la chèvre et bondissez en masse
Sur le Russe effrayé de votre insigne audace.
Et vous tous, en avant ! lancez vos bataillons;
Débusquez l'ennemi derrière ces buissons
D'où le plomb meurtrier s'échappe et vous ravage.
Vous, Anglais, avancez avec ce froid courage
Qui, lent et mesuré, ne recule jamais;
Mêlez le sang breton à notre sang français;
Sauvons la liberté commise à notre garde;
Côte à côte, en avant : le monde nous regarde!
L'Alma devient alors comme un ruisseau sanglant;
La mitraille renonce à vaincre notre élan;
Et partout l'ennemi plie et bat en retraite...
Quatre heures ont suffi pour créer sa défaite.

Vieux soldats d'Austerlitz et de la Moskowa,
Vos fils sont vos égaux sur les champs de l'Alma :
Les boulets ont rasé leurs fronts couverts de gloire,
Et la même valeur leur donna la victoire!

Comme vous ils ont su porter leurs premiers coups;
A leur premier combat ils sont grands comme vous!

Oui, ce sont bien les fils des héros de la France,
Ces vainqueurs de l'Alma! Mais leur œuvre commence.
A peine ont-ils chanté leur gloire en ce grand jour,
Qu'ils reprennent leur course, et, par un long détour,
Ils vont poser leur camp devant la forteresse
Où les Russes, battus, abritent leur prouesse.

La lutte change ici d'aspect et de grandeur.
C'est peu pour nos soldats de prouver leur valeur;
Il ne leur suffit pas, au fort de la bataille,
D'entendre sans frémir résonner la mitraille:
Ils auront à passer par de cruels moments
Dans un combat affreux avec les éléments!
Oui, partout on connaît leur fougue irrésistible,
Leur entrain au milieu du feu le plus terrible!
Mais on dit que bientôt leur esprit abattu
Les trahit par défaut de solide vertu!

Non pas, admirez-les ! Le fléau les décime,
Et, comme leur valeur, leur constance est sublime !
Voyez-les, renversant les murs, les bastions,
Calmes dans la souffrance et les privations !

Mais, pour ses fiers enfants la France est bonne mère !
Elle n'épargne rien pour calmer leur misère :
Des deux mains elle donne et fait un sort meilleur
A qui verse son sang pour garder son honneur.
On compte des soldats dans toutes les familles,
Et, pour eux, vous voyez dames et jeunes filles
Effiler la charpie en songeant aux blessés.
A payer leur tribut tous se sont empressés ;
Et, chacun agité d'émotions intimes,
Riche, on donne de l'or, et pauvre des centimes,
Les coffres sont remplis, pour les jours incléments,
De tabac, de liqueurs et d'épais vêtements.
Et, nos soldats feront mentir la prophétie
Qui les montrait vaincus et frappés d'inertie,
Tombant sous les frimas de ces noirs horizons.
Le *général Hiver* avec ses aquilons,

Ses ouragans glacés et ses torrents de neige,
Les verra toujours forts dans ce célèbre siége,
Et, gagnant du terrain sans reculer d'un pas,
Victorieux après onze mois de combats.

Pendant cette campagne aux luttes incessantes,
Que de faits glorieux, que d'actions brillantes!
D'abord, c'est Saint-Arnaud, le vainqueur de l'Alma,
Qui voyant près de lui la mort, se ranima;
Et, pour livrer bataille à son heure dernière,
Fit reculer la mort, et finit sa carrière,
Entouré de respects, d'honneurs et de lauriers,
Au bruit retentissant des triomphes guerriers.
C'est Lourmel qui s'élance avec sa noble audace
Devant la brèche, et meurt comme un héros du Tasse.
C'est Canrobert dont l'acte est un événement
Digne des temps anciens. Sous son commandement
Il a, tout un hiver, conservé notre armée;
Ses soldats, ses enfants, qui creusent la tranchée,
L'admirent chaque jour, s'exposant au danger,
Pour presser leurs travaux, pour les encourager.

Mais quand il a rempli sa tâche difficile,
On lui parle d'un chef plus hardi, plus habile ;
Sans orgueil il s'incline, et, pour être plus grand,
Lui, chef suprême, il va combattre au second rang.
C'est Camas traversant une masse ennemie
Pour son drapeau qu'il sauve en lui donnant sa vie.
Et tous ces noms nouveaux, jusqu'à nous parvenus,
Resplendissant auprès des noms déjà connus.
Bosquet de qui la gloire est chaque jour plus grande ;
Mayran, Bizot, Brunet, Brancion, Lavarande,
Qui sur ce sol conquis ont trouvé leur tombeau.
Tant d'autres dont le rôle est si noble et si beau !
Nos médecins toujours à leur tâche imposante ;
Nos sœurs, nos aumôniers dont la voix consolante
Verse, au milieu des camps sillonnés par le feu,
Dans l'âme des mourants la clémence de Dieu.

Niel développant sa science infinie
Dans les lignes qu'il trace aux sapeurs du génie ;
Ces hardis travailleurs, ces soldats-ouvriers,
Impassibles et lents sous les feux meurtriers

De la ville ennemie, entr'ouvrant cette terre
Où leur sape n'atteint que le roc et la pierre;
Hamelin et Bruat, suivis de leurs marins
Éprouvés sur la mer et sur tous les terrains;
Matelots et soldats, leurs oreilles sont faites
Aux foudres du canon comme au vent des tempêtes;
Ces deux princes du sang mêlés à l'action
En vrais soldats, Cambridge avec Napoléon,
Jaloux d'avoir leur part de gloire et de souffrance
Sous les drapeaux unis d'Angleterre et de France.
Après eux retentit le nom de Pélissier.
Devant Sébastopol arrivé le dernier,
Il se pose en héros favori de la guerre :
Son entrée en campagne est un coup de tonnerre.

Nos vaillants alliés ont chacun leurs hauts faits,
Leurs combats, où par eux les Russes sont défaits.
Comme à Balaclava, les troupes britanniques
Dans les champs d'Inkermann se montrent héroïques;
Les Turcs ont triomphé devant Eupatoria;
Les soldats piémontais ont, sur la Tchernaïa,

Reconquis leur vieux nom; et ce fait qu'on publie
A semé quelque espoir au cœur de l'Italie.
Tous auront de grands noms à citer : Iskender,
Lamormora, Raglan, Simpson, Dundas, Omer,
Montevecchio tombant dans sa vieillesse ardente
En chargeant l'ennemi que son choc épouvante.

Enfin, cette œuvre arrive à son couronnement.
Ce drame merveilleux aura pour dénoûment
Un des coups familiers aux enfants de la France.
Les Russes, qu'illustra leur longue résistance,
Rassemblent leurs efforts derrière Malakoff;
C'est leur dernier espoir; et déjà Gortschakoff
Fait préparer le pont bâti pour leur déroute.
Nos soldats sont au pied de l'horrible redoute;
L'assaut semble impossible au cœur le plus hardi;
Mais rien ne les effraie, et c'est en plein midi
Qu'ils iront se jeter dans l'ardente fournaise
Avec l'emportement de la fougue française.
Ils n'aiment pas la nuit ni les épais brouillards;
C'est par un grand soleil qu'ils brisent les remparts :

Il leur faut des rayons éclatants de lumière,
Pour éclairer les jeux de leur fête guerrière.
Midi sonne, ils sont prêts... Ils s'animent entre eux,
S'accrochent à ces rocs environnés de feux ;
S'aidant des pieds, des mains, franchissant les obstacles;
Eux-mêmes sont surpris d'accomplir ces miracles,
Quand notre drapeau flotte au sommet de la tour.
Un combat acharné s'engage tout le jour;
Mais, lorsque la nuit vient, toute lutte est stérile,
Et les Russes, vaincus, abandonnent la ville,
Ne laissant derrière eux qu'un spectacle d'horreur,
Dominé par les cris de *Vive l'Empereur !*

Sébastopol est pris ! En tous lieux, comme en France,
Ces trois mots sont un hymne, un chant de délivrance.
Aux yeux des nations s'ouvre le voile épais
Répandu sur le front souriant de la Paix.
Avec Sébastopol périt la politique
Qui nous avait voués au joug autocratique.
Vive à jamais la France, et vive l'Empereur !
A vous, braves soldats, à vous les croix d'honneur.

Vous serez célébrés dans nos réjouissances,
A l'heure consacrée aux nobles récompenses,
Avec ces travailleurs venus de toutes parts,
Et qui portent si haut l'Industrie et les Arts.
Vous avez protégé leurs œuvres, leurs merveilles;
Vos succès sont égaux, vos gloires sont pareilles;
Sur la même colonne on gravera vos noms,
Et les mêmes lauriers couronneront vos fronts.
Paris, la capitale immense et transformée,
Paris, propagateur de toute renommée,
Retentissante voix qui parle à l'Univers,
Réunit dans son sein tous les peuples divers.
Le monde entier assiste aux fêtes solennelles
Que l'Aigle impérial abrite sous ses ailes;
Artistes et soldats, tenez-vous par la main,
L'Aigle va proclamer son vote souverain.
Il a, pour les combats, la foudre dans sa serre,
Mais, paisible aujourd'hui, son flambeau vous éclaire;
Dans la guerre et la paix, il est victorieux,
Et, depuis son retour, il plane dans les cieux!

Paris, 15 novembre 1855.

ABD-UL-MEDJID.

Gloire au fils de Mahmoud, sultan victorieux!
Au noble Abd-ul-Medjid plus grand que ses aïeux.
Pour ses droits attaqués dans une injuste guerre,
Il a dressé le front, brandi son cimeterre,
Réchauffé les vertus de son peuple croyant.
  Honneur à lui! Le soleil d'Orient
    N'a pas de flamme plus brillante
      Que sa gloire éclatante!

2

Lui qu'on osait traiter de faible souverain,
S'est révélé puissant au fracas de l'airain.
Ses soldats ne sont plus ces cruels janissaires
Aux projets insensés, aux actes téméraires,
Horreur des vrais croyants et de la chrétienté...
— Soldats du droit et de la liberté,
Ils ont à leur indépendance
Consacré leur vaillance.

Des martyrs, dont l'histoire inscrira tous les noms,
Combattaient en géants ou comme *des démons*,
Rivés à leurs vaisseaux dans le port de Sinope.....
Ils eurent les regrets, les bravos de l'Europe
Étonnée, admirant, dans leur sombre valeur,
Ces Turcs, pareils aux marins du *Vengeur*,
Qui, dans les flots, devant la ville,
Périssaient quatre mille.

Ils étaient réunis sous les ordres d'Osman;
Le désir de la gloire était leur talisman...
Aussi, par trahison, quand on vint les surprendre,
A leurs vils assassins, plutôt que de se rendre,

Un contre dix ils ont lutté jusqu'à la mort...
Et, triomphant dans leur sublime effort,
Ils ont mêlé dans leur prière
Leurs adieux à la terre!

Les autres plus hardis, plus forts que les lions
Du désert, ont donné l'exemple aux nations.
Ils ont battu vingt fois, dispersé des armées
Qu'à prix d'or et de sang les Czars avaient formées.
Sous leurs pachas Hussein, Moussa, Saïd, Omer,
Ils ont vengé leurs désastres sur mer...
Leur valeur sauva Silistrie,
Rempart de la patrie.

Chaque jour le soleil éclairait un combat
Des îles du Danube aux murs de Kalafat.
Giurgewo, le dernier, de sanglante mémoire,
Fut pour leurs ennemis le jour expiatoire.
Officiers et soldats, princes et maréchaux,
Guerriers bronzés, blanchis sous les drapeaux,
Sans racheter une défaite
Ont dû battre en retraite.

Gloire au fils de Mahmoud! Ses sujets autrefois
N'avaient pas de patrie... Ils ignoraient sa voix.
Les Croyants n'écoutaient que celle du Prophète;
Les Rajas opprimés la déclaraient muette.
Mais il fit retentir ses sublimes accords.....
  Soudain ont fui les haines, les discords,
    Semés par la fausse croyance
      Avide de vengeance.

Son bras a secoué la torche du progrès;
Il a planté l'olive où croissait le cyprès.
Sa pensée est féconde : elle s'est appliquée
A respecter l'Église autant que la Mosquée.
Ses peuples, devenus Nation par les lois,
  Verront, heureux et libres sous leurs toits,
    S'ouvrir, avec la nouvelle ère,
      Tout un siècle prospère.

Ils chanteront toujours : gloire au victorieux,
Au noble Abd-ul-Medjid plus grand que ses aïeux!
Il a sur les méchants brandi son cimeterre,
Fait succéder la paix au fléau de la guerre,

Répandu sa bonté sur son peuple croyant.
Honneur à lui! Le soleil d'Orient
N'a pas de flamme plus brillante
Que sa gloire éclatante!

INKERMANN.

Écoute,... ouvre les yeux, — garde à toi, sentinelle!
Veille, — ne songe pas à ta Jenny fidèle,
A ta mère qui prie, à ton frère, à tes sœurs;
A tous ceux qui, sans toi, n'ont pas de jour sans pleurs,
Et qui, tristes, assis à l'âtre du cottage,
N'ont qu'un vœu dans leur cœur, un nom dans leur langage,
Et ce nom mille fois murmuré, c'est le tien...
Ce vœu, c'est ton retour, ton salut et ton bien. —
Veille, — ne songe pas aux bords de la Tamise,
Ce fleuve bras de mer dont la lame insoumise

T'apportait chaque jour ces navires géants,
Caressés par les flots de tous les océans. —
Veille, ne songe pas aux jeux de ton enfance
Sur la verte pelouse où chaque soir on danse,
Et sous les frais berceaux plantés par tes aïeux,
Où l'oiseau t'apprenait ses chants mélodieux! —
Veille. — Ne vois-tu pas, dans cette brume épaisse,
Les Russes manœuvrer, avant que la nuit cesse,
Pour surprendre le camp? — Veille; — n'entends-tu pas
Ni les ordres des chefs, ni le bruit de leurs pas? —
Ils viennent accomplir leur perfide manége
Par des sentiers étroits et cachés sous la neige;
Ils égorgent déjà tes pauvres compagnons
Qui, le corps abattu par de cruels frissons,
Avaient laissé fermer leur pesante paupière.
Le froid seul a vaincu leur âme forte et fière:
Jeunes soldats frappés dans les bras du sommeil,
Au séjour des héros ils ont eu leur réveil!

Sentinelle, il est temps — jette ton cri d'alarmes —
Fais feu dans l'ombre — Anglais, vite, aux armes, aux armes!

Debout, hardis enfants! Voilà les ennemis;
Ils sont soixante mille et leurs chefs ont promis
De vous prendre éperdus et saisis d'épouvante.
Courez — sans vous vêtir, sortez de votre tente;
Les pieds nus dans la neige et le fusil au poing,
Montrez-leur une ardeur qu'ils ne connaissent point;
Les voilà huit contre un. Votre calme impassible
Doit pour leur résister atteindre l'impossible.
Écossais, en avant! Vos uniformes gris,
Auxquels votre valeur a donné tant de prix,
Aux vaincus de l'Alma feront une barrière
Que n'ébranlera pas leur rage meurtrière.
A l'œuvre, à l'œuvre tous, défenseurs d'Albion!
Luttez pour conquérir notre admiration,
Et pour garder intact l'honneur de l'Angleterre,
Respecté sur les flots et par toute la terre.
Enfants du peuple et lords, soldats et généraux,
Ne formez qu'une chaîne aux robustes anneaux;
Confondez, pour combattre avec ces lourdes masses,
Le sang des plébéiens, le sang des nobles races;
Que leur nombre, conduit par les deux fils du Czar,
Admire, épouvanté, votre vivant rempart.

Ainsi, par une lutte héroïque, acharnée,
Commença d'Inkermann la sanglante journée.
Pêle-mêle effrayant de combats corps à corps,
Où le glaive n'est froid qu'entre la main des morts;
Où tout devient une arme après les fusillades;
Le pavé, le caillou, le pieu des palissades,
La crosse du fusil, les glorieux tronçons,
Les éclats refroidis vomis par les canons,
Tout devient instrument de mort en ce carnage
Où le nombre, impuissant à vaincre le courage,
Partout se multiplie et, repoussé vingt fois,
S'apprête à l'écraser sous son énorme poids.
Matelots endurcis aux coups de la tempête,
Les Anglais, préférant la mort à la défaite,
Résistent à ces flots d'ennemis furieux;
Mais leur vaisseau, lancé dans la voûte des cieux,
Sur les récifs tombant de la plus haute cîme,
Est près d'être englouti dans le béant abîme;
Lorsque leurs yeux voient poindre, en leur sombre horizon,
D'un jour libérateur le céleste rayon.
Leur vaisseau s'affermit sur leur mer orageuse;
Ils sentent raviver leur âme courageuse,

En voyant accourir zouaves et chasseurs
Qu'ils accueillent avec les plus vives clameurs :
A nous, Français, à nous ! Épargnez-nous l'outrage
D'un échec. — Au secours : sauvez-nous du naufrage !

Les soldats de Bosquet, répondant aux Anglais,
Du plateau d'Inkermann couronnent les sommets,
Et, pareils au torrent, descendent la colline,
Refoulant l'ennemi penché vers sa ruine.
Leurs coups sont prompts et sûrs. — Les Russes ébranlés
Opposent vainement leurs efforts redoublés
Au choc impétueux des terribles zouaves.
Ils vont céder la place et fuir devant nos braves,
Lorsqu'on voit Canrobert sur leurs flancs diriger
Trois colonnes de feu qui vont les ravager.
Au redoutable aspect du triangle de flamme,
Les Russes, dont jamais la peur n'a troublé l'âme,
Fermes sur ces rochers par le plomb labourés,
Devant nos fantassins se forment en carrés.
Ils n'ont pas encor vu ces flots d'infanterie
Sur eux bondir plus prompts que la cavalerie,

Et les voilà d'abord, immobiles guerriers,
Pressant leurs bataillons; mais des rangs tout entiers
S'écroulent sous les coups du sabre-baïonnette;
Jusqu'au dernier moment les plus forts tiennent tête;
Sur la hauteur, braqué, le canon des Anglais
Promène la mitraille entre leurs rangs épais.....
Alors, sauve qui peut, — leur retraite commence.

Sourds à la voix des chefs, perdant leur assurance,
Les uns, tout désarmés, se sauvent au hasard
Jusqu'aux murs de la ville; et les deux fils du Czar,
Nicolas et Michel, avec toute leur suite,
Derrière leurs soldats précipitant leur fuite,
Sont vus dans le lointain courant sur ces troupeaux
De fuyards éperdus, broyés sous leurs chevaux.
On leur avait promis une brillante fête,
Et leur premier combat finit par la défaite.

D'autres cherchent à fuir par un profond ravin,
Mais de tous les sommets dominant leur chemin,

Zouaves et chasseurs, les tirant à la cible,
Font pleuvoir sur leurs fronts le feu le plus terrible.
Rien ne peut exprimer cet horrible moment;
On dirait un tableau du Dernier Jugement:
Nos clairons font vibrer l'effrayante trompette;
Les Russes étourdis de leur chute complète,
Avec leur désespoir luttant contre leur sort,
Ressemblent aux damnés dans l'enfer de la mort!

Enfin, les combattants sont las de leur furie;
On a cessé le feu de chaque batterie;
Et le champ de bataille est semé de lambeaux,
De cadavres humains réunis par monceaux
Si nombreux qu'on a vu, dans la mêlée ardente,
Les chevaux s'arrêter et hennir d'épouvante,
Se cabrer, reculer, prêts à briser leur frein,
Et quitter tout-à-coup ce sinistre terrain
Avec leurs cavaliers forcés de tourner bride
Devant ces tas épais de moisson homicide.

Triste scène d'horreur, spectacle saisissant!
Là, se trouvent couchés dans des mares de sang,

Russes, Anglais, Français, entassés pêle-mêle,
Précipités ensemble en la nuit éternelle.
Ils sont là, mutilés, divisés par morceaux;
Leurs membres sont unis aux membres des chevaux;
Leurs débris dispersés, leurs cadavres sans forme,
Ne seront reconnus, hélas! qu'à l'uniforme!
Là, tous ces ennemis, acharnés le matin,
Sont réunis le soir par le même destin.
Ils se sont embrassés dans cette couche immense
Où la haine s'éteint, où nulle est la puissance,
Où gisent confondus soldats et généraux,
Où tout crie aux vivants : « Ici l'on est égaux! »

Les vaincus sont rentrés en la ville imprenable.
Menschikoff croit rêver au récit effroyable
De l'éclatant revers subi par ses guerriers.
Il fait connaître au Czar, par ses plus prompts courriers,
Qu'en ce jour désastreux la politique russe,
Dont l'Empereur des Francs a démasqué l'astuce,
Compte, en vaillants soldats par le plomb terrassés,
Plus de cinq mille morts et dix mille blessés.

Au camp des Alliés c'est la fête bruyante,
Les bravos, les houras de la joie enivrante
Qu'inspire la victoire à l'orgueil du vainqueur.
On chante tour-à-tour la Reine et l'Empereur;
On boit à l'Angleterre, on trinque pour la France,
Et pour l'éternité de leur sainte alliance!

Deux braves officiers bronzés et balafrés,
Un Français, un Anglais, que tous ont admirés,
Parmi tant de héros qui leur portent envie,
Se tiennent par la main. — Tu m'as sauvé la vie,
Dit le Français, — et toi, tu m'as sauvé l'honneur.
— Je connais ton courage, — et je connais ton cœur,
Comment t'appelles-tu? — Wellington fut mon père,
Et toi, ton nom? — Cambronne.—Embrassons-nous, mon frère!

TRAKTIR.

16 août 1855.

Un nouveau peuple apporte à la Sainte-Alliance
Sa force, ses vertus, son sang, son espérance :
Le Piémont, l'Italie invoque ses aïeux,
Dont l'éclat resplendit sur son front radieux.
Faible, elle n'a jamais abdiqué son symbole
De génie et d'amour, et sa vive auréole,
De ses traits macérés dissipant la pâleur,
Semble nous présager la fin de son malheur !

Ses enfants, qu'éveilla la passion brûlante
Des combats, prennent part à la lutte géante.
Près de nos trois couleurs, drapeau victorieux,
Ils plantent leur drapeau libre et majestueux;
D'un succès triomphant ils ont l'espoir dans l'âme,
Et ce jour va répandre une brillante flamme
Sur les fiers bataillons de ces lutteurs nouveaux,
Dont les aïeux n'ont eu que nous seuls pour rivaux.

Le ciel, favorisant leur forte et noble race,
Vingt ans, à nos côtés, avait marqué leur place;
Ils combattaient pour nous sous les brûlants climats,
Et pour nous ils tombaient, vaincus par les frimas.
Ils n'ont pas été sourds à la voix de leurs frères,
Et les fils ont suivi la trace de leurs pères;
Venez tous, pour l'honneur d'un peuple qui fut grand,
Juger si près de nous il sait tenir son rang.

Et vous, que l'Italie enfanta par centaines,
Tribuns, législateurs, marins ou capitaines;

Vous, qui laissiez partout tant de chefs-d'œuvre épars,
Penseurs peintres, sculpteurs et rois dans tous les arts,
Pères de la science, explorateurs des mondes,
Sortez, illustres morts, de vos ombres profondes;
Courbez devant vos fils votre front vénéré,
Voyez-les : eux aussi n'ont pas dégénéré !

Le *Bersaglier* est là dans son costume sombre;
Il attend l'ennemi qui vient à lui dans l'ombre.
Le voilà décidé, la carabine en main,
Il plonge son regard dans l'oblique chemin
Où les Russes, pour qui vibrent des chants funèbres,
S'avancent lentement à l'abri des ténèbres;
Adroit tireur, il cherche un cosaque à briser,
Mais le brouillard épais l'empêche de viser.

Il voudrait du matin voir la clarté vermeille, —
A quelques pas de lui, le zouave aussi veille,
Attentif à répondre à ses guerriers hurrahs,
Et prêt à lui porter le secours de son bras

Si le nombre l'accable. — Ils sont là sans alarmes,
Ces amis déjà vieux, ces deux compagnons d'armes,
Que l'honneur réunit sous les mêmes drapeaux,
Qui recherchent la gloire ou la mort des héros.

Ils entendent au loin un orageux murmure,
Grossi par les échos dans la nuit plus obscure,
La marche des soldats et le pas du cheval,
Et les canons traînés sur un sol inégal;
Ils les voient se glisser semblables aux fantômes,
Pour le mal évoqués des lugubres royaumes;
Ils entendent donner et répéter tout bas,
Au-dessous de leur camp, le signal des combats.

Tout-à-coup l'ennemi pousse des cris sauvages,
Des clameurs à glacer les plus fermes courages —
Hurrah! — ses bataillons, de plus en plus nombreux,
S'élancent vivement sur ces monts rocailleux;
Comme au jour d'Inkermann ils pensent nous surprendre,
Mais leur étonnement est impossible à rendre

Quand ils voient nos soldats, qu'ils croyaient endormis,
Recevoir sans broncher ces masses d'ennemis.

Le *Bersaglier* fait feu; — redoutable, intrépide,
Sans se laisser troubler par cet assaut rapide;
Il se cloue à son poste et ne veut pas céder;
Les flots des ennemis ont beau se succéder,
Sa carabine est bonne et jamais ne s'arrête;
Puis, luttant corps à corps avec la baïonnette,
Sur les soldats du Czar, prêts à l'anéantir,
Il se rue, et veut être ou vainqueur ou martyr.

Bravo, mon *Bersaglier*, bravo, dit le zouave;
A mon tour, — le *chacal* vient te sauver, mon brave!
Et le zouave accourt, bondit comme un lion —
Les Russes voient en lui plus qu'une légion:
Ils ne comprennent pas son choc épouvantable,
Ils ne peuvent saisir cet être insaisissable
Qui s'arrête ou s'élance, et porte de ces coups
Rapides, imprévus et terribles pour tous.

Le soleil brille enfin sur la lutte effrayante;
Zouave et Bersaglier, dans leur tâche sanglante,
Soutiennent leur renom, rivalisent d'ardeur. —
Les Russes sont poussés par la même fureur. —
Mais sur leurs bataillons la garde impériale
De ses canons répand la mortelle rafale,
Leurs rangs sont emportés, coupés ou dispersés;
Ils fuient en vrais troupeaux par la terreur chassés.

La Tchernaïa, pendant ces guerrières orgies,
Roule dans son parcours ses eaux de sang rougies.
Son flot ne peut franchir tous ces restes humains,
Ces héros foudroyés dans ses champs riverains;
Leurs débris tout fumants l'arrêtent dans sa course,
Il semble, épouvanté, remonter vers sa source;
Car il n'a jamais vu, ni jamais entendu
Tant de mourants gémir, tant de sang répandu.

Sur le champ du combat parsemé de victimes,
Le carnage fait place à des actes sublimes.

Abandonnant son arme, inutile fardeau,
Le soldat apaisé prend un rôle nouveau :
Aux mutilés il va prêter son assistance ;
Les blessés sont portés à la même ambulance,
Les vainqueurs, des vaincus honorant la valeur,
Leur prodiguent des soins sur leur lit de douleur.

Puis le zouave, allant au Piémontais, s'écrie :
Dis à ton roi, mon brave, apprends à ta patrie
Que les Français sont fiers de ton sublime effort. —
Bersaglier, — tes deux mains... à la vie, à la mort !
Moi, j'offre à l'Empereur mon bouquet pour sa fête ;
Pour un jour de retard la voilà plus complète,
Notre aigle impérial triomphe dans son vol :
Traktir à ses soldats livre Sébastopol !

KOUGHIL.

Lève-toi, mon cheval, voici le boute-selle...
La trompette enivrante au combat nous appelle.
Enfin notre campagne à nous va commencer :
Sur les rangs ennemis nous pourrons nous lancer.
Nous souffrions beaucoup ici de ne rien faire,
De voir le fantassin briller seul dans la guerre :
Il me faut un succès pour être son égal,
O mon fougueux cheval !

Ouvre ton œil de feu, prends ta démarche altière,
Laisse jouer au vent les flots de ta crinière.
Montre ton beau poitrail, tes élégants sabots
Et le souffle enflammé de tes larges naseaux.
Rappelle-toi nos jeux, nos chasses intrépides,
Nos courses au soleil dans les déserts numides,
Tes galops triomphants, nos vives fantasias
Et nos riches razzias.

Pour soutenir l'honneur et le rang de ta race,
Il faut être toujours à la première place.
Tes pères figuraient dans les fiers escadrons
Qu'on voyait ondoyer aux bouches des canons,
Et qui semblaient porter des êtres fantastiques.
Ils nous ont inspiré des poèmes épiques,
Ces coursiers balafrés à la charge d'Eylau,
Et morts à Waterloo.

Allons, c'est le signal, porte-moi dans la plaine,
Le brutal a grondé; cours, sans reprendre haleine...

Enveloppons, sabrons les baskirs, les pandours,
Les cosaques du Don qui nous fuyaient toujours.
En avant, en avant! galope, fonds et passe
Sur ces lourds artilleurs dont le feu nous menace...
Leurs canons ont vomi la mitraille sur nous
Sans ralentir nos coups.

Dans leurs carrés épais il faut que tu nous jettes.
Courage, mon cheval, franchis leurs baïonnettes:
Ils ont osé braver les cavaliers français,
Et se glorifier de nous avoir défaits;
Ils nous ont rappelé nos sublimes désastres...
Va, notre gloire encor montera jusqu'aux astres,
Si tu réponds toujours aux élans de mon cœur
Avec la même ardeur.

Que nous veut ce cosaque avec son arrogance!
Croirait-il que je crains la longueur de sa lance. —
Mon sabre la lui brise, — il cède à notre choc,
Je l'étends à tes pieds avec un coup d'estoc.

Double ton bond terrible, et leur perte est certaine;
Vite, courage, et sus aux chevaux de l'Ukraine...
Ils sont cernés, — soldats, généraux, officiers, —
Les voilà prisonniers.

O mon brave cheval, sois fier de ta journée;
Nous voulions la victoire et tu nous l'as donnée.
La France, qui sur nous vient de jeter les yeux,
Ajoutera Koughil à ses jours glorieux.
Reposons-nous; — voyons si quelque égratignure,
Si quelque coup te force à changer ton allure, —
Marche un peu; — tu n'as rien, — ah! viens, embrasse-moi,
Je suis content de toi.

Maintenant, saute, piaffe, ô mon coursier agile!
Mais, — halte! — inclinons-nous, saluons d'Allonville,
Le général vainqueur. — Saluons à leur tour
Ces soldats mutilés, ces victimes du jour,
A qui le mal arrache à peine des murmures,
Et qui peuvent survivre à plus de vingt blessures.

Puis, mêlons, pour les morts, les éclats du clairon
Aux salves du canon.

Tu hennis, et ton cœur comme le mien tressaille,
Tu voudrais nous gagner encore une bataille.
Mais, vois dans notre camp s'allumer tous ces feux;
Entends les chants de gloire et les refrains joyeux.
Viens, nous boirons ensemble, ô ma vaillante bête!
Tu mérites bien d'être un héros de la fête.
Viens, nous célèbrerons, nous chanterons en chœur
La France et l'Empereur!

A LA MÉMOIRE DES CORSES

MORTS EN CRIMÉE.

Vis-à-vis de l'Espagne et près de l'Italie,
Entre Marseille et l'Algérie,
S'élève au sein des flots l'île au fameux destin,
La Corse que la France adopta pour sa fille
Et fit asseoir à son festin.
Elle offrit, en entrant dans la grande famille,
Ses côteaux d'oliviers, ses pins harmonieux,
Ses vignes, ses campagnes
Et ses rudes montagnes
Au front couvert de neige et perdu dans les cieux!

Ses enfants, au cœur chaud, nourris de pensers graves,
Furent soldats, jamais esclaves,
Payèrent de leur sang leur titre de Français
Sous les Rois, sous l'Empire ou sous la République,
Dans nos revers et nos succès.
On les a vus brunis par le soleil d'Afrique,
Comme autrefois glacés par les neiges du Nord,
Portant haut leur bannière;
Et leur ardeur guerrière
N'a jamais su fléchir devant les coups du sort.

Dans les jours solennels où la Mère-Patrie
Se déclare en danger, et crie :
Corse, à moi tes bergers, à moi tes montagnards !...
Ils partent pour la guerre, enrôlés par centaines,
Avec du feu dans les regards.
Et, qu'ils soient vieux soldats, conscrits ou capitaines,
Ils courent hardiment au devant du canon
D'où la foudre s'échappe,
Et si la mort les frappe,
Ils sont fiers de mourir en illustrant leur nom.

Hier encore ils luttaient dans les champs de Crimée,
Où leur phalange décimée
Compte parmi ses morts quatre-vingts officiers!
Sur eux a rayonné le soleil de la gloire
Autant que sur leurs devanciers.
La Corse désolée, honorant leur mémoire,
Leur élève des croix en place de tombeaux;
Puis, orgueilleuse mère!
Elle fait, sur la pierre,
Graver en lettres d'or les noms de ses héros!

Ils sont morts, renversés par la balle ennemie,
Ou vaincus par l'épidémie
Plus terrible cent fois que le plomb ou le fer.
Leurs cyprès sont plantés sur ces plages funestes
Dont la guerre a fait un désert.
Mais le drapeau français flotte encor sur leurs restes.
Oui, leurs corps sont couchés dans les champs glorieux
Témoins de leurs faits d'armes,
Et baignés par les larmes
De tous leurs compagnons fiers et victorieux.

Vous, pour qui les destins furent impitoyables,
Amis, parents inconsolables!
Un touchant intérêt s'attache à votre deuil;
Montrez-nous fièrement vos pleurs, votre souffrance,
Pour ces morts qui sont votre orgueil.
Leurs veuves et leurs fils, orphelins de la France,
Auront pour héritage un souvenir d'honneur,
Et l'Empereur, leur père,
Ému de leur misère,
Épuisera pour eux les bontés de son cœur.

Et toi, Corse éprouvée, ô notre île chérie!
O mère accablée et meurtrie!
Lève ton front courbé sous tant de coups affreux!
Vois tes autres enfants, voués aux sacrifices,
Toujours debout et vigoureux.
Leurs membres sont marqués de nobles cicatrices,
Mais leur âme est de bronze... Ils reviendront un jour
Visiter ton rivage,
Et leur mâle courage
T'offrira des lauriers pour payer ton amour!

LA SŒUR DE CHARITÉ.

La voyez-vous passer, la sainte fille,
Sous son habit d'une sombre couleur :
Elle a quitté le monde et sa famille
Pour devenir l'épouse du Seigneur.

Elle a toujours sa lampe pleine d'huile,
Dormant à peine et prête au moindre bruit ;
Et son époux, dans son pieux asile,
Peut pénétrer à toute heure de nuit.

Quand son époux lui dit : mets ta sandale
Et va là-bas ; j'entends quelqu'un gémir ;
Elle court vite où la souffrance exhale
Sur un grabat un pénible soupir.

Un malheureux languit et se désole,
Mais elle vient s'asseoir à son chevet ;
Sa douce voix encourage et console,
Et son regard est d'un divin reflet.

Sa main prépare un bienfaisant breuvage,
Chauffe le linge au feu qu'elle alluma,
Et par ses soins la fièvre qui ravage
Ce corps débile, est vaincue et s'en va.

Elle s'émeut à toute plainte amère,
Et de son cœur toujours la flamme a lui
Pour le vieillard, ou l'enfant que sa mère,
En expirant, a laissé sans appui.

La charité, sous sa robe de bure,
A comprimé tout sentiment mondain;
Quand le démon à son âme murmure
Quelque conseil tout rempli de venin,

Et lui déroule une fête joyeuse
Où sa beauté pourrait briller toujours,
Il ne peut rien sur cette âme orgueilleuse
D'être fidèle aux célestes amours.

La nuit, vingt fois elle a dit sa prière
A son Seigneur pour tous les affligés;
Le jour paraît, elle vient la première
Aux malheureux par sa main soulagés.

C'est un enfant qui s'éveille et s'agite
Et dit: à moi, petite sœur, j'ai faim!
Je souffre bien, oh! guéris-moi bien vite!
Oh! fais-moi boire, oh! donne-moi du pain!

C'est une femme, au pâle et doux visage,
Encore empreint des maux qu'elle a soufferts,
Qui dit : ma sœur, je vous dois le courage,
Et vous avez séché mes pleurs amers.

C'est l'ouvrier qui, loin de ceux qui l'aiment,
Tombe malade après un dur labeur,
Et dit : ma sœur, le bien que vos mains sèment
Vous soit rendu par la main du Seigneur.

Seule, pour tous elle est une famille;
L'amour du bien l'a doté de son art :
C est une sœur, une mère, une fille,
Pour cet enfant, cet homme ou ce vieillard.

Et quand soudain on entend dans la ville,
Avec des cris de rage et de terreur,
L'affreux canon de la guerre civile,
La sœur arrive à son poste d'honneur.

Elle est avec l'onguent et la charpie
Où le sang coule et tache le pavé;
Elle frémit à cette lutte impie,
Et songe encore au sang qu'elle a lavé.

Si, pour sauver une seule victime,
Il faut du cœur, elle va hardiment
Aux combattants dont la voix unanime
Racontera son noble dévoûment.

Enfin, la France a tiré son épée;
L'aigle a fait luire un flamboyant éclair :
Pour enfanter encore une épopée,
Ses chants guerriers ont retenti dans l'air!

Et la sœur part; bien loin de la patrie,
Elle a suivi nos soldats, sans frayeur.
Elle gouverne au camp l'infirmerie :
Pour nos blessés c'est un ange sauveur.

Elle a calmé le vieux grognard qui jure
Lorsque le plomb a labouré sa chair,
Et qu'on extrait du fond de sa blessure
La balle avec un instrument de fer.

Le médecin et l'aumônier en elle
Trouvent sans cesse un aide sans égal :
Elle est partout où la plainte l'appelle,
Près d'un conscrit ou près d'un général.

Elle revient, à la fin de la guerre,
Continuer sa sainte mission;
Puis, elle meurt en laissant sur la terre
Un souvenir plein d'admiration !

Sa mort, hélas! a jeté l'épouvante
Où sa bonté guérit tant de douleurs :
Le pauvre accourt en la chapelle ardente,
Pour voir ses traits et pour verser des pleurs !

Le jeune enfant, qui vit sauver son père
Par ses bons soins, vient pleurer à genoux,
Lui répétant : ô toi, qui nous fus chère,
Bon ange, au ciel, daigne prier pour nous!

Ils sont tous là, plongés dans la tristesse,
Jeunes et vieux exprimant leurs regrets :
Qui leur rendra ce cœur, cette tendresse,
Quand reviendront pour eux les jours mauvais!

A son convoi, tout le peuple se foule;
Les magistrats eux-mêmes sont en deuil;
Et les passants voient, dans le char qui roule,
La croix d'honneur étoiler son cercueil.

LE CHIRURGIEN.

Il passe devant tous, impassible et tranquille,
Avec son front pâli par d'incessants travaux,
Tout entier à sa tâche énorme et difficile,
Compagnon du soldat dont il guérit les maux.

Que la lutte s'arrête ou que le canon gronde,
Il est toujours debout : avec sa trousse en main,
Secondé par son aide, ou seul, il fait sa ronde,
Disputant à la mort quelque débris humain.

Pour lui, point de repos, soldat de la science,
A peine a-t-il fermé les yeux, que son sommeil
Est rompu par les cris aigus de la souffrance;
Il va, le front brûlant, la pensée en éveil.

Son cœur ne tremble pas et sa main est bien sûre;
Il marche froidement sous le feu du canon;
Parfois, lorsqu'à genoux il sonde une blessure,
Il tombe, épi sanglant d'une horrible moisson.

Puis, lorsque, pour aider la mitraille ennemie,
Le typhus vient au camp souffler son noir venin,
Il lutte corps à corps avec l'épidémie
Qui triomphe, et souvent l'abat sur son butin.

Ah! qu'ils ont bien compris leur rôle qu'on estime,
Ceux qui se sont voués à cet âpre devoir,
Les yeux toujours plongés dans le profond abîme
D'un art où Dieu peut seul éclairer leur savoir.

Qu'ils furent éprouvés dans notre œuvre sanglante,
Nos médecins-soldats, nos glorieux docteurs!
La terre d'Orient en dévora quarante
Expirés sous les plis de nos drapeaux vainqueurs.

Ils ont bien mérité d'illustres funérailles;
Dans tous les cœurs ils ont laissé bien des regrets:
Le soldat les pleura; le canon des batailles,
Pour honorer leur mort, tonna sous leurscyprès.

Comme ils sont tous inscrits au cœur de la patrie,
Que leurs noms soient gravés sur le socle d'airain
Qui portera le deuil de la France meurtrie
Dans ses fils moissonnés au rivage lointain.

Que les plus distingués, sauvés de la ruine,
Reviennent, par la gloire unis à nos héros,
Avec la croix d'honneur brillant sur leur poitrine,
Comme une récompense à leurs rudes travaux!

L'AUMONIER.

Le saint autel se dresse au milieu de la plaine ;
La foudre du canon par moments se déchaîne ,
Puis suspend tout-à-coup son infernal fracas.
Et les guerriers brunis au soleil des combats ,
Dont l'impavide cœur pieusement tressaille ,
Viennent se prosterner, en ordre de bataille ,
Devant Dieu qui fait naître ou la joie ou les pleurs ,
Désigne les vaincus ou choisit les vainqueurs.

L'aumônier sous son aube, orné de son étole,
Vient leur faire adorer le Seigneur qui s'immole;
Avec ses deux servants, et d'un air solennel,
Il s'approche et gravit les degrés de l'autel,
S'agenouille à l'aspect du divin tabernacle,
Suppliant l'Homme-Dieu d'opérer son miracle
Pour ces enfants voués à de cruels labeurs,
Que la guerre condamne à toutes ses horreurs.
Il chante gloire à Dieu! paix aux âmes croyantes!
Paix aux cœurs abreuvés de larmes repentantes!
On lui verse l'eau pure à ses candides mains;
Il rend grâce au Seigneur, et dit le Saint des Saints.
Avant de consommer le sanglant sacrifice,
Il élève à deux mains le céleste calice;
Puis le *Salutaris* et ses accents touchants
Résonnent dans les airs; le tambour bat aux champs;
Les guerriers sont courbés, et présentent les armes
Au calice adoré, plein de sang et de larmes.

Une grave pensée envahit tous les cœurs...
Et le Christ se dévoile en montrant ses douleurs,

Son visage flétri d'une injure sanglante,
Son front martyrisé, sa blessure saignante,
Ses mains, ses pieds troués et son dernier soupir.
Il dit à ces guerriers : Pour vous je fus martyr!
Vous portez aujourd'hui ma croix digne d'envie,
Et vous ne mourrez pas en perdant votre vie,
Offerte en holocauste aux lois, aux droits sacrés
Par qui vos fils seront libres et révérés!...

Le prêtre enfin demande à la bonté divine
Le pain et le pardon; et, frappant sa poitrine,
Trois fois il se déclare indigne d'abriter,
Sous son toit, le Seigneur qui vient le visiter.
Par le Verbe divin son âme est assainie
Et pour les assistants alors il communie.
Puis sur nos étendards il invoque du ciel
La bénédiction. Il descend de l'autel,
Disant une prière, et rentre sous sa tente.
Les guerriers sont touchés, leur âme est plus contente;
Et, glorifiant Dieu pour son puissant secours,
Ils regagnent leur poste au fracas des tambours.

L'aumônier en secret a clos le saint ciboire,
Quitté ses ornements pour sa soutane noire.
Sans prendre de repos, marchant à pas pressés,
Le serviteur de Dieu visite les blessés;
Il essuie une larme au bas de tout visage;
Chaque douleur s'apaise à son touchant langage.
Cet enfant, qui laissa le foyer des aïeux
Pour suivre le chemin des clairons glorieux,
Souffre de sa blessure; il craint, il désespère
De ne jamais revoir ni ses sœurs ni sa mère;
Il sent qu'avant son corps son âme va périr;
Mais une voix le calme et sait le raffermir;
Il a vu s'éloigner, s'ouvrir le triste voile
Qui du salut prochain lui dérobait l'étoile;
Il est fort maintenant pour combattre le mal :
Sa pensée a déjà baisé le sol natal!

Cet autre, dont la vie est un long sacrifice
A son pays, — son corps n'est qu'une cicatrice.
Il a souffert la soif aux déserts africains;
De l'Atlas il gravit les pics et les ravins;

Pendant plus de vingt ans il a mâché la poudre,
Vécu dans un milieu sillonné par la foudre ;
Aujourd'hui le voilà frappé mortellement...
Il est troublé d'un doute à son dernier moment ;
Mais le prêtre l'approche, et jusqu'à lui s'incline,
Fait luire le flambeau de la grâce divine,
Et le soldat, sans crainte, a pu fermer les yeux :
Son âme consolée est remontée aux cieux !

Là, c'est le choléra dont la face hideuse
Inspire la terreur, dont la froide main creuse
A nos plus forts guerriers un précoce tombeau.
Malheur à qui s'affaisse atteint par le fléau !...
Chacun s'écarte et fuit sa mortelle embrassade :
Il ne voit plus d'ami ni plus de camarade
Qui l'aide à se guérir ou le console au moins ;
Il va mourir, peut-être, hélas ! faute de soins.
Mais l'aumônier, paisible, arrive à l'ambulance,
Touche le patient sans nulle répugnance,
Se couche à ses côtés sans la moindre pâleur. —
Chacun à cette vue a surmonté sa peur,

Et, comme pour l'assaut, ranimant leur courage,
Nos soldats vont braver le fléau dans sa rage.

Oh! qui n'admire pas ce soldat du Seigneur,
Dont l'épée est la foi qui lui brûle le cœur!
Qui donc ne trouve pas sa mission sublime
Au sein du cher troupeau que sa parole anime!
Avec sa sainte ardeur et ses calmes regards,
De la guerre il subit les terribles hasards.
Le soldat, qui le voit partager sa misère,
Lui réserve sa part de gloire, et le vénère.
Oui, dans ces jours de lutte et de succès brillants,
Nos aumôniers aussi se sont montrés vaillants.
Ils comptent pour hauts faits leurs dévoûments sans nombre...
Et combien sont restés sur la colline sombre,
Silencieuse et morne, où dorment les débris
De nos vieux bataillons et de nos fiers conscrits!
Ils sont enveloppés dans le même suaire,
Et Dieu les réunit dans l'éternelle sphère!

L'AMIRAL BRUAT.

O superbe navire ! ô vaisseau de la France !
Symbole rayonnant d'honneur et de puissance !
Que les ans n'ont pu mordre, et semblent rajeunir,
Dont le cap est toujours tourné vers l'avenir !

Ton pavillon flotta, majestueux et digne,
Sur les glaces du Nord, sous les feux de la ligne.
Ta proue a divisé l'immensité des mers,
Et marqué ton sillage aux flots les plus déserts !

Par tes succès nombreux sur tes liquides plaines,
Tu nous as enrichis de conquêtes lointaines,
Sous un ciel enflammé qui donne à nos colons
De merveilleux produits, de splendides moissons.

Tu fis à nos marins un grand et noble rôle :
Les uns ont triomphé de l'un à l'autre pôle :
Les autres sont tombés, en martyrs de l'honneur,
Comme Brueys, Bisson et tous ceux du *Vengeur*.

Tu fus grand, toujours grand, même dans ta défaite :
Tu comptes fièrement avec tes jours de fête,
Avec tes Austerlitz sous Tourville et Jean-Bart
Ton sanglant Waterloo qu'on nomme Trafalgar !

Nous t'avons vu, suivi de ton rival antique,
Le vaisseau d'Albion, porter, dans la Baltique,
Les soldats de Niel, de Baraguay-d'Hilliers,
Qui font en quelques jours deux mille prisonniers.

Sous leurs coups Bomarsund, la forte citadelle,
Qui semblait se dresser comme une sentinelle,
Veillant sur cette mer du haut de ses trois tours,
S'écroule avec fracas, disparaît pour toujours.

Avec ton allié tu menaces les villes,
Les ports de l'ennemi, ses flottes inutiles,
Sous les murs de Cronstadt abritant leur effroi,
Et refusant l'honneur de lutter contre toi.

Tu fais pendant deux ans ton blocus maritime;
Mais, las de ton repos, tu prends une victime
Et tes canons, aidés par les canons anglais,
Couvrent de feu Sweaborg, brisent ses murs épais.

Tu transportas aussi sur les bords de Crimée,
Devant Sébastopol, notre vaillante armée;
Et l'on t'a vu cingler sur les flots de l'Euxin,
Ce grand lac moscovite, en maître souverain.

De la ville imprenable aux géantes murailles,
Ton secours prépara, hâta les funérailles ;
Ses bastions construits pour menacer nos droits,
Enviaient en croulant tes murailles de bois.

A notre port, enfin, glorieux tu ramène
Ton amiral vainqueur, l'illustre capitaine
Que tous nos matelots citent avec fierté...
Mais tout à coup, ô ciel ! la mort l'a visité !

La mort vient le frapper et jeter la tristesse
Au milieu de tes chants de victoire et d'ivresse !
Il n'est plus ton héros, Bruat, l'homme de mer,
Dont le cœur était d'or, la volonté de fer.

Sur ta poupe où toujours veillera sa mémoire,
Il s'est enveloppé du manteau de la gloire —
Il conquit bravement son bâton d'amiral,
Et mort, il vient le rendre à son pays natal.

Tu fus sa passion et la fin de ses œuvres ;
Tu n'oublieras jamais ses savantes manœuvres,
Quand il soumit ta barre à sa robuste main
Et qu'il te gouvernait au flot de Navarin.

Sur la mer Atlantique ou dans l'Océanie,
Partout où t'animait l'ardeur de son génie,
Dans l'espace envahi par ton large sillon,
Tout drapeau s'inclinait devant ton pavillon.

Et dans notre épopée au sein de la mer Noire,
Où l'aigle n'a compté que des jours de victoire,
Dès le début on vit briller le vieux marin,
Et son front eut sa part aux lauriers d'Hamelin.

Et puis, ô fier vaisseau ! nommé ton chef suprême,
Il va, l'audacieux, au pied de ses murs même,
Braver Sébastopol, et, foudroyant son port,
Il lance sur ses toits l'incendie et la mort.

Impatient pendant ce siége d'une année,
Il quitte cette ville à périr condamnée ;
Et, ne pouvant combattre avec un Nachimoff,
Il prend Kertch, et te fait roi de la mer d'Azoff.

Et quand, par nos canons qui vomissent la foudre,
Sébastopol vaincu se voit réduit en poudre,
Il prend Kimburn, gardant la bouche du Dniéper,
Et ferme à l'ennemi tout chemin vers la mer.

Sa mission, hélas ! jusqu'au bout fut remplie ;
Et sa rentrée en France allait être accueillie
Avec des cris de joie, avec tous les honneurs
Qu'il a tant mérités... il n'aura que nos pleurs !

Mais nous le porterons en deuil aux Invalides
Où dort Napoléon avec ses intrépides,
Ses princes et ses ducs et ses grands maréchaux :
C'est là qu'il prendra place auprès de ses égaux.

Si notre ovation peut consoler son âme,
Nous l'unirons à ceux que l'histoire réclame,
Et la table d'airain où brillera son nom,
Aux marins servira d'exemple et de leçon.

Rends-nous donc, ô vaisseau ! sa dépouille sacrée :
Sa veuve et ses enfants la verront honorée,
Regrettée, et livrée aux bénédictions
Comme aux pleurs des soldats de quatre nations.

La France, qui lui prit son cœur, sa vie entière,
La France, qui toujours d'un tel fils sera fière,
Après l'effusion de sa forte douleur,
Chantera ses combats, sa vie et sa valeur.

Pour ces chants glorieux nous sècherons nos larmes;
L'armée entière ira lui présenter les armes ;
Et sa mort, aujourd'hui cause de notre deuil,
De ses chers compagnons sera le noble orgueil.

Enfin, pour achever ta grande œuvre, il te laisse,
O vaisseau ! des rivaux que la gloire caresse ;
Qui savent comme lui te guider sur les flots
Et mener aux combats tes rudes matelots.

Va donc, et continue, ô vaisseau de la France,
Symbole rayonnant d'honneur et de puissance !
Géant toujours à flot qui sembles rajeunir :
Tu portes dans tes flancs l'œuvre de l'avenir !

LE RETOUR DE CRIMÉE.

29 décembre 1855.

La rue est en émoi. — Sur la place publique,
Le tambour réunit notre garde civique.
Le long des boulevards, les promeneurs joyeux
Pressent les doubles rangs des uniformes bleus.
La capitale, avec ses beaux habits de fête,
Partout a pavoisé ses maisons jusqu'au faîte.
Ouvriers et bourgeois, gardes nationaux,
Femmes, enfants, vieillards, veulent voir les drapeaux

Déchirés et troués par le plomb en Crimée,
Aux mains des héritiers de notre Grande Armée.
Non, jamais dans Paris plus noble émotion
N'aura fait tressaillir la génération.
Préparez vos bouquets, ouvrez vos yeux avides,
Les voilà revenus, nos soldats intrépides.
L'Empereur, entouré d'un cortége pompeux
Et des princes du sang, accourt au-devant d'eux.
Les acclamations seront des plus complètes...
Tambours, battez aux champs; retentissez, trompettes.
Canons, faites vibrer votre éclatante voix,
Comme pour recevoir des reines ou des rois.
Ils sont rois, eux aussi, par le cœur, la vaillance,
Par leur sang répandu pour l'honneur de la France,
Par leurs exploits et par les maux qu'ils ont soufferts,
Par les lauriers sacrés dont leurs fronts sont couverts.
Devant eux, aujourd'hui, toute gloire s'efface...
Chapeau bas : — c'est l'honneur de la France qui passe !

Dans ce jour mémorable et cher à tous les cœurs,
On se sent orgueilleux d'applaudir ces vainqueurs.

Tous les bons sentiments remportent la victoire :
Où sont donc les partis, quand on parle de gloire,
De patrie et d'honneur?... Ils sont évanouis :
Chacun est inspiré par l'amour du pays;
Chacun voit son ami, son enfant ou son frère,
Dans ces héros rendus à la France, leur mère.
Ce vieillard invalide admire avec bonheur
Son enfant qui revient avec la croix d'honneur;
Cet ouvrier s'enivre à dire à sa compagne
Les hauts faits de son fils dans l'illustre campagne :
Il est parti soldat, et, quoique jeune encor,
Il a gagné la croix et l'épaulette d'or;
Et cette jeune fille, au visage de reine,
Est là pour acclamer son frère capitaine :
Quand il souffrait là-bas, elle priait pour lui,
Et son bonheur est grand de le voir aujourd'hui.

Les voilà! — L'Empereur, au nom de la patrie,
Est venu leur parler... et sa voix attendrie,
Aux accents chaleureux et calmes tour à tour,
A vanté leurs travaux, célébré leur retour.

Il a fait retentir ces notes si puissantes,
Qui rallument l'ardeur dans les âmes vaillantes,
Éclairent vivement les graves questions
Et savent pénétrer au cœur des nations.
Les voilà! sur ses pas s'ébranlant à son signe :
Passez, braves enfants des régiments de ligne,
Gardes impériaux, grenadiers et chasseurs,
Voltigeurs et soldats du génie, artilleurs
Et zouaves-chacals. Passez, gendarmerie...
Vous êtes les enfants aimés de la patrie,
Et le peuple appelé la Grande Nation
Est là pour concourir à votre ovation.

Défilez devant nous, glorieuses phalanges!
Mêlez vos cris joyeux aux concerts de louanges,
Aux vivats spontanés qui partent de nos cœurs.
Passez, brillants guerriers! passez, triomphateurs!
La France avait gravé dans ses riches annales
D'éblouissants combats, des luttes colossales;
Sa gloire avait volé jusqu'au plus haut des cieux,
Et l'Univers chantait l'œuvre de nos aïeux...

Grâce à vous, elle inscrit des victoires nouvelles
Sur le livre sacré des œuvres immortelles...
Nos pères triomphaient avec tant de splendeur
Que nous n'espérions plus atteindre à leur hauteur;
Mais vous avez si bien compris leur héritage,
Qu'étonnés de vos faits et de votre courage,
Les ennemis pensaient qu'ils avaient devant eux
Les guerriers surhumains des siècles fabuleux.

Passez et défilez devant l'Impératrice,
De tous les affligés la douce bienfaitrice;
Sur son visage elle a les traits de la Bonté
Et son cœur excellent est plein de fermeté;
Fille d'un des guerriers qui luttaient pour la France,
Elle aime à contempler votre mâle assurance.
Votre air, que l'ennemi n'a pas vu sans frémir,
D'un noble mouvement la fera tressaillir;
Et son sein, qui conçut à l'heure des batailles,
Sentira s'agiter le fruit de ses entrailles,
Éveillé par vos cris et vos airs triomphants.
Puisse-t-il être un fils que verront nos enfants

Parcourir, enrichi des grâces de sa mère,
Le sentier glorieux que lui trace son père.

Défilez! — mais ici, soldats, inclinez-vous.
Honorez ces géants dont le Monde est jaloux,
Et qui nous ont légué cette œuvre impérissable,
Ce monument empreint de leur force indomptable :
La Colonne, élevée à leurs premiers succès,
Dont nous sommes si fiers, nous qui sommes Français.
La Colonne, éclatante et sublime épopée
Empruntée aux canons conquis par leur épée;
La Colonne, admirable et digne piédestal
De notre demi-dieu, de l'homme sans égal,
Du colosse-martyr au multiple génie,
Du soldat-fondateur de notre dynastie.
Regardez, regardez!... De sa base au sommet
La Colonne répand un fulgurant reflet
Et semble s'animer dans toute sa spirale...
Vos pères ont quitté leur pâleur sépulcrale...
Ils paraissent vivants. — Leurs visages bronzés
Sont rayonnants de joie, et leurs glaives brisés

S'agitent dans les airs en signe de victoire,
Comme pour saluer votre naissante gloire.....
Le grand Empereur même, ému d'un jour si beau,
A dépouillé son front des ombres du tombeau,
Et, vous caressant tous d'un paternel sourire,
Il vous dit de sa voix où son âme respire :
Vous vous êtes, soldats, montrés dignes de nous,
Continuez, enfants, je suis content de vous!

Et maintenant, venez aux fêtes fraternelles,
Dans les palais construits sur des places nouvelles;
Contemplez les chefs-d'œuvre élevés par nos mains...
Lorsque vous combattiez aux rivages lointains,
Nous avons célébré les Arts et les Sciences,
Les Métiers, l'Industrie... et les intelligences
Du monde entier ont vu couronner leurs travaux...
Venez, venez vers nous, artistes, vos rivaux,
Venez voir s'achever, comme au temps des féeries,
Le Louvre qui s'attache au flanc des Tuileries

LES RUINES.

Elle n'est plus enfin, la cité formidable !
Rien n'a pu la sauver de sa chute effroyable.
Ni ses rocs escarpés, invincibles remparts ;
Ni ses forts crénelés aux flamboyants regards ;
Ni ses vieux bastions, ni ses travaux modernes
Entourés de fossés, hérissés de casernes ;
Ni trois mille canons vomissant tous leurs feux ;
Ni ses soldats tombés en vaincus glorieux !

Assise dans un golfe au double promontoire,
Elle baignait ses pieds au flot de la mer Noire;
Parcourant ce grand lac d'un regard vigilant,
A son plan d'avenir sans cesse travaillant;
Les yeux toujours fixés sur la ville opulente,
La cité des sultans, sa convoitise ardente;
Elle y voulait planter son aigle au double front,
Et dire au monde entier: le Czar est ton patron.

Elle était là debout et pleine d'arrogance,
Vantant avec fierté sa future puissance;
Ne cachant déjà plus ses plans les plus obscurs,
Ni pour nous, les périls rassemblés sur ses murs.
Chaque tour dans ses flancs renfermait la menace,
Et chaque pierre était rayonnante d'audace;
Elle avait pour le droit un mépris solennel,
Croyant pouvoir fonder un empire éternel.

C'était l'ambition de son âme orgueilleuse,
Le songe éblouissant de sa nuit merveilleuse;
Mais ce rêve doré, ce délire inouï,
Au bruit de nos canons s'est vite évanoui:

Nos boulets, dirigés au cœur de sa pensée,
Ont rompu les chaînons de son œuvre insensée;
Le droit qu'elle attaquait est venu la punir,
Lui disant : à moi seul appartient l'avenir !

Pourtant, rien ne manquait à cette ville forte ;
Elle avait des soldats trempés d'étrange sorte,
Qui veillaient jour et nuit, au combat toujours prêts,
Et bouchaient de leurs corps les trous de nos boulets.
Ils ne reculaient pas quand la brèche béante
Découvrait à nos coups leur muraille vivante;
Ils s'étayaient entre eux, tout sanglants, tout meurtris,
Et puis ils s'écroulaient au milieu des débris.

Leur sang coulait à flots au pavé de la ville;
Mais, pour la délivrer, leur vertu fut stérile.
Ils avaient tout pour eux, les forts retranchements,
Les bataillons nombreux doublés à tous moments;
Les excitations qu'ils ne cessaient d'entendre,
Le sol de leur pays qu'ils avaient à défendre;
Mais ils ne brûlaient pas des sublimes fureurs
Que la cause du juste allume dans les cœurs.

Aussi malheur cent fois à la cité géante,
Quand sur ses toits maudits a grondé la tourmente ;
Elle effrayait le faible; à son tour de frémir : —
C'est le nuage en feu qui doit l'anéantir.
A quoi lui serviront ses terribles machines :
Il nous faut son cadavre, il nous faut ses ruines,
Pour donner aux cités cette grave leçon ,
Que le droit a sa force et n'est pas un vain nom.

Son génie impudent l'a conduite à sa perte,
Venez, peuples, venez sur sa plage déserte
Contempler, pleins d'effroi, cet informe chaos
De palais foudroyés, de marine en lambeaux.
Venez, jeunes cités, venez voir pousser l'herbe
Aux lieux où grandissait cette ville superbe :
Ses remparts de granit sont au niveau du sol ;
Le passé dans son ombre a mis Sébastopol.

Voyez tous ces amas de colonnes brisées,
De splendides maisons presque pulvérisées ;
Ces lambris éraillés, ces éclats de frontons,
Ces casernes à bas, ces affûts de canons ;

Pas un mur épargné, pas un simple pilastre
N'est là comme témoin de ce profond désastre,
Vers le Nord, sur un mont, il reste quelques forts,
Sentinelles gardant cet empire des morts.

Regardez.... Là brillaient des villas magnifiques
Aux ornements mêlés de souvenirs antiques ;
Là, plein d'amers soucis, méditait Menschikoff ;
Ici, fut renversé le brave Korniloff ;
Là, Tottleben veillait ardent, infatigable,
Dirigeait ses soldats sur tout point attaquable,
Et faisait reconstruire au milieu de la nuit
Un rempart que, le jour, l'obus avait détruit.

Là, naguère on voyait la sévère muraille
De la prison carrée, et la pierre de taille
De riches bâtiments ; puis l'église des Czars
Et le triste faubourg des descendants Tatars.
Ici, comme un chef-d'œuvre admirable et splendide,
S'ouvraient, après dix ans d'un labeur intrépide,
De gigantesques docks, aux écluses de fer,
Que n'auraient pu combler les trésors de la mer.

Oui, tout a disparu. — Les foudres vengeresses,
O fier Sébastopol ! ont détruit tes richesses.
Tu n'as pas voulu vivre en paix avec tes sœurs
Et le sort a marqué la fin de tes splendeurs ;
Tu n'as pas écouté la voix de la justice
Qui dit : respect au faible ; et l'on vit ton supplice
Décidé par l'Europe en un public arrêt,
Sans entendre un seul mot de plainte ou de regret.

Oh ! tu n'as pas compris, ô toi, la ville altière
Qu'en vain pour s'élever on met pierre sur pierre
Et qu'il ne suffit pas de monter jusqu'au ciel
Comme un nouveau Titan, comme une autre Babel.
Pour réduire à néant cette aveugle démence,
Il ne faut rien qu'un signe, un souffle, une sentence
De celui qui peut tout, qui, pour chaque cité,
Fait luire le soleil avec la liberté.

Sur la ville en ruine, oh ! venez vous instruire,
Vieux et jeunes États ! apprenez à construire,
Non pas, en insensés, sur un sable mouvant,
Des monuments qu'un jour dispersera le vent :

Ces murs vertigineux, dans notre siècle libre,
Ne résisteront pas ; ils perdront l'équilibre,
S'ils n'ont pas pour ciment ce grand amour du bien
Sans quoi la pierre tremble, et la force n'est rien !

L'IMPÉRATRICE ET LE PRINCE IMPÉRIAL.

16 mars 1856.

Chacun parle de sa bonté,
Et le peuple, quand elle passe,
Charmante et douce Majesté,
S'incline, et jamais ne se lasse
D'admirer ses traits gracieux
Où son aménité respire :
Elle semble emprunter aux cieux
Et son regard et son sourire.

Son cœur, aux nobles battements,
Est brûlé d'une sainte flamme,
Et des plus tendres sentiments
Le ciel a façonné son âme.
Les malheureux savent combien
Elle aime à calmer la souffrance :
Son rôle est de faire le bien,
Et sa venue est l'espérance.

Tous les jours où la charité
Cherche à guérir une infortune,
Le nom d'Eugénie est cité
En tête de l'œuvre commune.
Hospices, crèches et fourneaux :
Elle protège chaque asile
Où le pauvre a des soins nouveaux,
Et rétablit son corps débile.

Jeune fille aux divins attraits,
Sa bonté fut toujours la même,
Et, pour répandre ses bienfaits,
N'attendit pas le rang suprême.

Et Dieu l'offrit à l'Empereur
Qui la choisit pour sa compagne,
Et nous montra dans sa splendeur
La Force qu'un Ange accompagne.

Elle est, dans sa simplicité,
Astre brillant parmi les reines;
Nulle encore n'a mieux porté
L'éclat des grandeurs souveraines.
Il lui manquait un gage saint
Qui fît son union prospère,
Mais Dieu vient de bénir son sein :
L'Impératrice sera mère!

Dieu lui dit : j'ai vu ta bonté
Du pauvre égayer la tristesse,
Et, touché de ta piété,
Je te remplirai d'allégresse.
Aussi son cœur est triomphant
De sa céleste récompense :
Son sein fécond porte l'enfant,
L'orgueil et l'amour de la France!

Le jour approche. — Il luit enfin ! —
Rayon doré, flamme féconde
Éclairant l'obscur lendemain
Que pouvait redouter le monde.
Le Prince Impérial est né,
La France en est joyeuse et fière :
Le peuple heureux et prosterné
Fait monter au ciel sa prière !

Retentissez, majestueux canon,
Cloches d'argent — bourdon de Notre-Dame !
L'aigle a vu naître aujourd'hui son aiglon :
La joie a débordé son âme.

Debout, Paris, debout les nations !
Applaudissez, chantez le Fils de France :
Né dans le temps des grandes actions,
Il vient sourire à la Paix qui s'avance.

Il vient avec la branche d'olivier,
Le jour où Dieu, sous notre humain visage,
Vint à Sion, et vit son peuple altier
Agenouillé sur son passage.

Jérusalem reçut l'homme Divin
Qui lui portait la Paix et la Lumière;
Les rameaux verts pleuvaient sur son chemin :
Gloire au Seigneur! chantait la ville entière.

Au nouveau-né courons à notre tour,
Quand de la vie il a franchi la porte;
Consacrons-lui le buis bénit du jour
Pour le bonheur qu'il nous apporte.

Il nous présage à tous des jours meilleurs;
Arts et Métiers, Poésie, Harmonie,
A cet enfant jetons toutes nos fleurs :
Ses auteurs sont la grâce et le génie!

Et toi, peuple géant, au seuil impérial,
Va montrer ton visage ouvert et martial.
Pour te fêter, en lui vois l'œuvre qu'on déploie;
A ses cris enfantins mêle ta rude joie;
Présente à ce soldat, qui veille à son berceau,
Ta main qui souleva la pioche ou le ciseau,
Et jurez de mourir tous deux pour sa défense;
Jurez; — car cet enfant, c'est l'âme de la France!
Ce n'est pas un fétiche à servir à genoux,
C'est l'enfant couronné qui grandira pour nous;
C'est l'esprit enflammé de la pensée ardente,
Que nous verrons paraître étoile scintillante!
Devant qui les faux rois ne pourront que pâlir.
L'éclat de deux grands noms sur lui vient rejaillir :
Le noble sang du Cid est le sang de sa mère;
Le monde entier connaît le sang qui fit son père!
Peuple, soldats, penseurs, artistes, ouvriers,
Mêlez, sur son berceau, vos palmes, vos lauriers:
C'est la fête promise aux élans de notre âme...
Retentissez canon, bourdon de Notre-Dame;
Chantez, hymnes guerriers, versets religieux :
Que l'*Hosanna* s'unisse à nos chants glorieux!

Et vous, que l'Univers dans votre gloire admire,
Sire, vous qui portez le fardeau de l'empire,
Écoutez ces concerts qui vantent vos bonheurs,
Ces chants de la famille aimés de tous les cœurs.
Et parmi les transports joyeux de notre fête,
Sire, écoutez les vœux que partout on répète.
Cette faveur du ciel, couronnant vos efforts,
Dit que les jours de haine et de lutte sont morts!
L'épée, à votre appel, accomplit son grand œuvre;
Mais la Paix veut aussi nous montrer ses chefs-d'œuvre:
Voyez venir à vous ses métiers et ses arts
Qui veulent embellir le siècle des Césars.
Faites que votre enfant, adoré de la France,
Remplisse tous les cœurs d'une sainte espérance;
Que nos pleurs, que nos maux s'effacent à jamais:
Sire, vous l'avez dit: *l'Empire, c'est la Paix!*

NAPOLÉON ET LA PAIX.

A vous, grand Empereur ! l'honneur et le mérite
De tant de gloire acquise et d'actes merveilleux !
C'est votre testament, dont notre histoire hérite,
Où vous nous expliquez vos jours miraculeux,
Qui nous montra la route à suivre,
Les lauriers à gagner, les palmes à cueillir :
C'est en méditant ce grand livre
Que votre peuple apprit à ne jamais vieillir.

C'est vous qui lui donniez la place la plus haute
A cette France illustre entre les nations,
Qui conserva toujours votre gloire pour hôte,
Et votre nom, drapeau de ses ambitions.
C'est le récit des grandes fêtes
Où le monde venait admirer vos splendeurs,
Qui nous fit songer aux conquêtes
Où vous vouliez guider vos peuples travailleurs.

C'est vous que notre siècle a reconnu pour juge
Dans le conflit sanglant des peuples et des rois,
Et qui seul étiez calme au sein de ce déluge,
Pour sauver le progrès et consacrer ses droits.
C'est le sillon de votre idée,
Chargé d'épis couchés par le vent des malheurs,
Que vit la France fécondée
Se couvrir tout-à-coup de moissons et de fleurs.

Pourtant des insensés, que vous sauviez naguère,
Ourdissaient contre vous révolte et trahison;
Ils vous avaient nommé le fléau de la guerre,
Vous, l'homme dont l'idée éclairait l'horizon;

Vous, dont les travaux pacifiques,
Codes et monuments, projets industrieux,
Sont si nombreux, si magnifiques,
Qu'ils rendraient plus d'un siècle et vingt rois glorieux.

Lorsque sur votre front ils attiraient l'orage,
Ils espéraient ternir vos faits éblouissants,
Ils vous ont prodigué le blasphème et l'outrage ;
Mais contre votre gloire ils furent impuissants.
Le corps brisé par le martyre,
Vous avez disparu dans des jours odieux,
Mais parmi nous vit et respire
Votre génie encor vainqueur et radieux.

Lorsque vous nous quittiez l'horizon était sombre ;
La France était en deuil ; les peuples se troublaient,
Et, n'ayant plus leur guide, ils ont sapé dans l'ombre
Les pouvoirs chancelants, les trônes qui tremblaient ;
Ils ont condensé leur colère
Comme un nuage épais, effroi des matelots ;
Enfin éclata leur tonnerre,
Et vous n'étiez plus là pour apaiser les flots.

Non, vous n'habitiez plus votre brûlante zône,
Groupant autour de vous, comme un fertile essaim,
Les peuples élevés à la hauteur du trône,
Et fiers de voir briller le sceptre en votre main.
Ah ! quand ils ont vu vos royaumes
Gouvernés par des nains, ombres du temps passé,
Ils ont soufflé sur ces fantômes
Qui n'avaient plus sans vous qu'un prestige effacé.

Ils se sont élancés, vociférant leurs plaintes,
Comme des ouragans illuminés d'éclairs,
Et leurs bras musculeux, aux terribles étreintes,
Rien qu'en les secouant avaient brisé leurs fers.
Mais, sans ordre, sans discipline,
Sur le sable voulant fonder un monument,
Ils emportaient dans leur ruine
Toute source de vie et tout enseignement.

Car vous n'étiez plus là pour régler leur délire,
Pour tourner vers le bien leurs aspirations,
Débrouiller le chaos, et créer un empire
En donnant leur essor aux nobles passions.

Vous n'étiez plus là, bras et tête
De tout chef-d'œuvre assis sur un ferme terrain,
Esprit puissant qui ne s'arrête
Qu'à la borne imposée à tout génie humain.

Aussi, peuples et rois, devant votre colonne,
S'écriaient, les regards voilés par le regret :
Ah ! s'il pouvait venir reprendre sa couronne,
Pour la seconde fois son bras nous sauverait.
Vivant, s'il sortait de sa tombe,
Il nous éclairerait de sa haute raison,
Et notre édifice qui tombe
Rayonnerait encor de la base au fronton !

Oui, tous ceux qui jadis proscrivaient votre culte,
En se voyant pousser vers le gouffre béant,
Invoquaient votre bras dans ce sombre tumulte
Qui faisait autour d'eux le vide ou le néant.
Vous n'étiez plus le météore
Qui ne jeta sur nous qu'un éclat passager,
Et, sous le drapeau tricolore,
Sire, peuples et rois venaient pour vous venger.

Alors, au-dessus d'eux on vous vit reparaître,
Du vaisseau qui sombrait tenant le gouvernail :
Les partis abattus ont retrouvé leur maître
Qui redonnait la vie aux forces du travail.
Ils ont reconnu le même homme
Par le pays entier porté sur le pavois :
Que nous importe qu'on vous nomme
Napoléon premier ou Napoléon trois !

A son rang glorieux vous replaciez la France,
Vous proclamiez ses droits jusqu'à vous contestés ;
Et vous avez brisé cette vieille alliance,
Vestige injurieux d'avilissants traités.
Enfin, triomphant dans la guerre
Et domptant votre orgueil après tant de hauts faits,
Vous avez inauguré l'ère
Des paisibles travaux, des durables bienfaits.

Car la paix de sa flamme inonde
Nos champs tout prêts à refleurir ;
La paix a reconquis le monde
Que ses rayons vont enrichir.

La paix anéantit la haine,
Mère de nos afflictions;
La paix a ressoudé la chaîne
Des fraternelles unions.

La Paix a dit: — « Faites la guerre
A l'ignorance, aux préjugés;
Guerre surtout à la misère
Par qui vous êtes ravagés.
Oui, guerre à tout ce qui menace,
O peuples, de vous avilir,
Et que chacun prenne sa place
Au banquet que je viens bénir.

Guerre aux fléaux, à la matière,
Aux monts dont le pénible accès
Se dresse comme une barrière
Devant la marche du progrès.
Levez-vous, levez-vous en masse,
Peuples longtemps déshérités;
Voici le travail qui vous trace
Le chemin de vos libertés.

Pour des conquêtes immortelles,
Peuples, montez sur vos vaisseaux ;
Emportez pioches et truelles,
Et créez des mondes nouveaux.
Partez vers ces nombreux rivages
Que le soleil échauffe en vain :
Il faut à ces arides plages
Le secours du génie humain.

Villes, plus de fétides rues
Où jamais le soleil ne luit,
Où tant de peines sont venues
Frapper le pauvre en son réduit.
Tracez, ouvrez de larges voies,
Où les feux rutilants du jour
Illuminent toutes les joies
Que vous annonce mon retour.

Reliez-vous entre vous toutes
Par d'immenses lignes de fer,
Et passez sur ces longues routes
Plus vite que l'oiseau dans l'air.

Feu partout aux locomotives
Qui font tous les peuples voisins,
Et rapprochent toutes les rives
En dévorant tous les chemins.

Ouvrez vos flancs, Alpes et Pyrénées;
Écroulez-vous, gigantesques hauteurs:
Par mon arrêt vous êtes condamnées;
Disparaissez: les nations sont sœurs.

Livrez passage à ces foules unies
De travailleurs suivant mes étendards;
Laissez passer les saintes harmonies
Que font vibrer l'Industrie et les Arts.

Appareillez, vaisseaux, toutes vos voiles;
Enflammez-vous, fantastiques vapeurs,
Et sur les flots, sous mes vives étoiles,
Élancez-vous, hardis navigateurs.

L'isthme est percé, les mers de vos rivages
Mêlent leurs flots aux océans lointains ;
Plus de détours pour toucher leurs parages,
Plus de dangers vers les caps inhumains.

A l'œuvre, à l'œuvre, ô cités maritimes !
Ouvrez vos docks, élargissez vos ports :
Vos matelots franchissent les abîmes
Pour rapporter d'innombrables trésors.

Retentissez, marteaux, dans les usines ;
Forgez le fer dans tous les arsenaux,
Et fabriquez des outils, des machines,
Des instruments pour tous les grands travaux.

Champs négligés ou terrains sans culture,
Le laboureur vous couvre de sillons :
Les gerbes d'or qui sont votre parure
Iront briller aux fêtes des moissons.

Et toi, Commerce, augmente tes richesses ;
De tous côtés ouvre des magasins
Où mes produits, mes dons et mes largesses
Viennent pour tous des terrestres confins.

Et vous, penseurs, artistes et poètes,
Qui vous taisiez dans les temps orageux,
Le soleil luit, voici venir les fêtes
Qu'embelliront vos luttes et vos jeux.

Vous qui gagnez les votes unanimes,
Qui relevez le courage abattu,
Trouvez encor de ces accents sublimes
Qui font aimer l'honneur et la vertu.

Oui, venez tous, dans cette vaste arène
Où les rivaux luttent pour conquérir
Des champs féconds où l'amour les entraîne,
Des palmes d'or que rien ne peut flétrir.

Relevez-vous, pleins de force et de sève
Pour surpasser les œuvres des aïeux :
Venez, venez, entrez dans ce beau rêve
Que moi, la Paix, je découvre à vos yeux ! »

Et la Paix remplira nos vœux et ses promesses,
Sire, car vous avez tout fait pour la servir.
Même vous pardonniez les hontes, les faiblesses,
Les outrages sanglants que vous pouviez punir.
Vous n'avez repris la puissance
Que pour consolider l'édifice ébranlé,
Et redonner à votre France
Son prestige éclatant qui s'était envolé.

La France qui vous voit enrichir sa couronne
Des plus brillants joyaux, des plus nobles fleurons,
De son profond amour toujours vous environne ;
Son respect devant vous incline tous les fronts.
A qui lui rend ses jours de gloire,
Sa fortune et son rang — elle donne son cœur ;
Et le héros de son histoire
Ce sera toujours vous, oui, vous, son Empereur.

TABLE.

www.ingramcontent.com/pod-product-compliance
Ingram Content Group UK Ltd.
Pitfield, Milton Keynes, MK11 3LW, UK
UKHW031918260826
14628UKWH00003B/1277

9 782013 269773